U0941659

《彭阳文化丛书》编委会

彭陽文化丛书

美术工艺卷

主编　马文山

黄河出版传媒集团
宁夏人民出版社

图书在版编目（CIP）数据

彭阳文化丛书. 美术工艺卷 / 马文山主编. — 银川:
宁夏人民出版社，2013.9

ISBN 978-7-227-05484-9

Ⅰ.①彭… Ⅱ.①马… Ⅲ.①文艺—作品综合集—彭阳县—当代
②工艺美术—作品综合集—中国—现代 Ⅳ.①I218.434 ②J521

中国版本图书馆CIP数据核字（2013）第221747号

彭阳文化丛书·美术工艺卷　　马文山 主编

责任编辑 刘建英 李彦斌
封面设计 雷秀云 王 沛
责任印制 杨海军

黄河出版传媒集团
宁夏人民出版社　出版发行

地　　址 银川市北京东路139号出版大厦（750001）
网　　址 http://www.yrpubm.com
网上书店 http://www.hh-book.com
电子信箱 renminshe@yrpubm.com
邮购电话 0951-5044614
经　　销 全国新华书店
印刷装订 银川天之健文化传媒有限公司
印刷委托书号（宁）0013870

开　　本 787mm×1092mm 1/16　　印　　张 16
字　　数 180千　　印　　数 1500册
版　　次 2013年9月第1版　　印　　次 2013年9月第1次印刷
书　　号 ISBN 978-7-227-05484-9/I·1387

定　　价 219.00元（全七册）

序　一

彭阳县县委书记　张国彦
彭 阳 县 县 长　赵晓东

彭阳历史悠久，文化灿烂，是古代文明与时代精神高度融合、交相辉映的地方，孕育出了丰富独特的文化资源。

三万年前，就有先民沿茹河而居，由此翻开彭阳文明第一页。自秦迄明，置郡设县。秦长城、汉城郭、唐宋石窟堡寨、明清古塔寺院故址犹存，丝绸之路穿境而过。帝王将相、文人墨客多有造访。秦惠文王"投文诅楚"朝那湫(今彭阳古城镇镜内)；秦始皇西巡、汉武帝北巡均途经朝那(今古城镇)；武帝北巡时，司马迁曾随驾记胜。彭阳人杰地灵，人才辈出。皇甫家族，崇文尚武，学子迭兴。东汉将领、军事家皇甫规抚羌宁疆，荐贤委位；东汉朝臣皇甫嵩，文经武略，戎马倥偬；魏晋间作家、医学家皇甫谧，针灸之祖，文史通人。

明清民国时期，境内有"东山文化之乡"美誉。"东山文化"既包含历史文化传承，也蕴含现代文化因子。其底蕴深厚，内涵丰富，涵盖以礼仪、民居、饮食、婚丧、庙会等为主的民间习俗，以书画、剪纸、刺绣、泥塑、彩绘、根雕、石刻、社火等为主的民间艺术，以伏羲出生地、白马庙、孟姜女哭长城等传说为主的民间文学。"东山文化"是彭阳县地域文化的主脉和象征，集中体现了彭阳人民以待人宽厚、为人诚实、以和为贵、以信立身、民风淳朴、勤劳朴实为核心的人文精神和尊重知识、重视教育的优良传统。

革命年代，彭阳属于陕甘宁边区的一部分，在民族解放和新中国诞生过程中谱写了一曲壮丽的凯歌。红军长征翻越六盘山，一代伟人毛泽东先后宿营小岔沟、乔家渠，写下了壮丽词篇《清平乐·六盘山》。红军西征，建立了红色政权，留有峁堡地下交通站、红河地下党支部、虎家小园子地下党支部等早期革命遗址。解放战争时期，在任山河打响了解放宁夏第一仗。这些红色文化资源，激励着家乡人民在新中国建设和改革开放征程上，以“不到长城非好汉”的凌云壮志，取得一个又一个辉煌成就。

1983年建县以来，彭阳生态环境的改观形成潜在的人文资源。彭阳坚持“生态立县”的建县方针，30年来，坚持不懈地改山治水，绿化造林，不断提升了生态环境建设水平。森林覆盖率由建县初的3%提高到24.8%，先后荣获全国生态建设先进县、水利建设先进县、造林绿化模范县、退耕还林先进县、水土保持生态文明县、全区生态建设模范县等殊荣，阳洼流域、大沟湾流域等被国家环保总局列为第八批全国生态示范区，茹河生态园、茹河瀑布被列入国家级水利风景区，这都是彭阳县生态建设的典范，已经成为休闲观光旅游的地方。彭阳人民在建设秀美山川的长期实践中孕育出的“彭阳精神”和“彭阳经验”，是彭阳生态文化的精髓。

近年来，彭阳立足现有的文化资源，通过进一步发掘和整理，确立“皇甫谧文化、东山文化、红色文化、生态文化”四大文化品牌，即“皇甫谧故里、东山文化之乡、红色热土、生态绿色新家园”。这些文化资源已成为彭阳地域文化的有机组成部分，是彭阳人民生产、生活的精华积淀，是促进彭阳经济社会发展的重要动力。

自2005年彭阳县第一次文代会召开以来，文化建设进入了大发展、大繁荣的时期。县文联及各艺术协会在县委、政府的正确领导下，在区、市文联的精心指导下，团结和带领全县文艺工作者坚持文艺工作的“二为”方向、“双百”方针和“三贴近”要求，开展每年一届的“文化艺术月”“书香彭阳”等主题文艺活动，狠抓《彭阳文学》《彭阳摄影》《彭阳文艺网》等文艺主阵地建设，创作出了一大批弘扬先进文化、反映时代精神、富有地方特色的优秀文艺作品。文学、书法、美术、摄影、音乐、舞蹈、戏剧、民间艺术等各个艺术门类，从无到有、由弱变强，百花齐放、异彩纷呈，呈现出团结、和谐、繁荣、发展的良好局面。

风雨兼程三十载，和谐盛世谱华章。建县30年来，彭阳始终保持了政治民主、经济发展、社会进步、民族团结、人民安居乐业的良好局面，城乡面貌发生了巨大变化，文化事业、精神文明建设更是呈现出勃勃生机。为了让外界更多地了解彭阳、关注彭阳，进一步激发全县广大干部群众热爱家乡、建设家乡的热情，县委宣传部、县文联在彭阳建县30周年之际，编辑整理出版《彭阳文化丛书》。丛书分小说卷、散文卷、诗歌卷、报告文学卷、文学评论卷、书法卷、美术工艺卷七个部分，以宣传彭阳为主旨，以提升彭阳知名度和美誉度为目的，力求多层次、多角度、全方位反映彭阳建县30年来的文学艺术成就。

丛书的编写，是一项系统工程，得到了有关部门的支持，各编辑人员夙兴夜寐，忘我工作，保证了丛书编写工作顺利进行，在此深表谢意和敬意。丛书的出版，是我县文化艺术工作的一件大事、盛事，是我县文化艺术工作辉煌成果的一次大检阅、大练兵、大交流。以丛书的形式集中反映我县文化建设成就，这在我县还是第一次，所以该丛书在我县文化建设史上具有里程碑的意义，可喜可贺。

“国民之魂，文以化之；国家之神，文以铸之。”文化作为一种精神力量，越来越受到重视，并成为一个地区推动经济社会发展的重要动力。近年来，彭阳县在积极发展经济的同时，充分认识到文化对于经济发展的重要作用，建设好、打造好促进经济和社会发展的文化环境，从文化环境建设中获得发展动力，以适应全面建成小康社会的新要求，是我们应积极研究探索的新课题。

文化凝结着历史，文化开拓着未来。我们相信，勤劳智慧的彭阳人民不仅能够不断创造新的经济奇迹，而且能够不断提高文化的传播力、影响力，让彭阳文化放射出更加璀璨的光芒，为加快建设“生态彭阳、宜居彭阳、富裕彭阳、诚信彭阳、和谐彭阳”与全国、全区同步进入全面小康社会做出积极的贡献。

序　二

彭阳县委常委、宣传部部长　马文山

党的十八大报告强调，全面建成小康社会，实现中华民族伟大复兴，必须推动社会主义文化大发展大繁荣，兴起社会主义文化建设新高潮，提高国家文化软实力，发挥文化引领风尚、教育人民、服务社会、推动发展的作用。这充分反映了我们党对当今文化趋势和我国文化发展方位的科学把握，为文化建设指明了前进方向、提供了基本遵循。如何贯彻落实好党的十八大精神，扎实推进社会主义文化强国，是基层文艺工作者一项重大而艰巨的任务。

今年是彭阳建县30周年。30年来，全县广大文艺工作者认真贯彻“二为”方向，坚持“双百”方针和“三贴近”原则，深入挖掘彭阳地域文化资源，大力培育彭阳特色文化品牌，不断创新文艺表现形式，通过文学、美术、书法、民间工艺等艺术载体，充分展示了全县经济社会发展的辉煌成就，展示了全县人民团结奋斗的精神风貌，文化艺术事业蓬勃发展、成绩喜人，特别是文化艺术活动丰富多采、主题鲜明、形式多样、独具特色，全面反映了我县文艺发展成果，激发了全县广大干部群众同心同德、团结奋进、干事创业的热情，唱响了主旋律，为丰富和活跃基层群众文化生活、推动文化事业大发展大繁荣、构建和谐彭阳提供了强大的精神动力。

《彭阳文化丛书》是彭阳建县30年来部分优秀文学艺术作品的集锦，既有对生活在彭阳这块土地上的人民的精神状态的忠实记录，也有对全县翻天覆地的变化的热情讴歌；既有对社会热点和弱势群体的强烈关注，也有对不良风气不文明行为的有力鞭挞。其中许多作品可圈可点，感人至深，不乏振聋发聩之音。这些文艺作品寄托了彭阳广大文艺工作者的思想、情感和期盼，字里行间无不流露出心系彭阳经济社会发展的情感和指点江山、激扬文字的豪迈，充分体现了广大文艺人才“铁肩担道义，妙手著文章”的精神品质。《彭阳文化丛书》的整理出版，为新时期推动全县文学艺术发展提供了范例，让全县广大干部群众更加深刻地了解彭阳的过去、现在和未来，从而更加热爱彭阳，更好地建设彭阳，对进一步宣传彭阳，让外界全方位、多层次了解彭阳的历史文化和当前的发展实绩起到巨大的推动作用。

面对这套浓缩了彭阳县经济社会发展、文化民俗和精神品质的文艺作品，仿佛重历那些波澜壮阔的岁月，感受变革带给人们的心灵体验，其中的艰辛探索和不懈奋斗，已为今天的巨大成就所印证。这足以告慰前人，激励今人，昭示后人。而这样一部作为涵盖彭阳文学艺术全貌的书籍，较为全面地反映了彭阳文艺创作所取得的丰硕成果，作为一种精神资源，其史料价值和文化价值当不会被低估。

当前，面对党的十八大提出全面建成小康社会，实现中华民族伟大复兴的的重要时期，在新的起点和更高层次上推进彭阳经济社会大发展、大跨越，是时代赋予我们文艺工作者的神圣职责和庄严使命，是全县人民的共同心声和热切期盼。全县广大文艺工作者一定要高举社会主义先进文化旗帜，树立高度的文化自觉和文化自信，进一步拓宽视野，大胆探索，创作出反映时代精神、体现地方特色和民族风貌的优秀作品，更好地满足人民日益增长的精神文化需求，更进一步为加快推进生态彭阳、宜居彭阳、富裕彭阳、诚信彭阳、和谐彭阳建设提供不竭的精神动力和智力支持。

目录

CONTENTS

美术卷

工艺卷

美术卷

杜文祥 生于1940年12月3日，彭阳县城阳人。1962年宁夏固原师范毕业，后在城阳中学任教，擅长书画。1984年至1989年先后任彭阳县电影公司美术部美工。美术作品曾在全国及省、市、县举办的展览中获奖，国画《拦河》在1973年中国美术家协会主办的全国美术作品展览中入选，国画《腾飞》在1997年12月全区第三届群星奖“万得杯”书画展中获铜奖，国画《侍女六条屏》在1988年9月荣获彭阳县为庆祝自治区成立三十周年书画展一等奖。

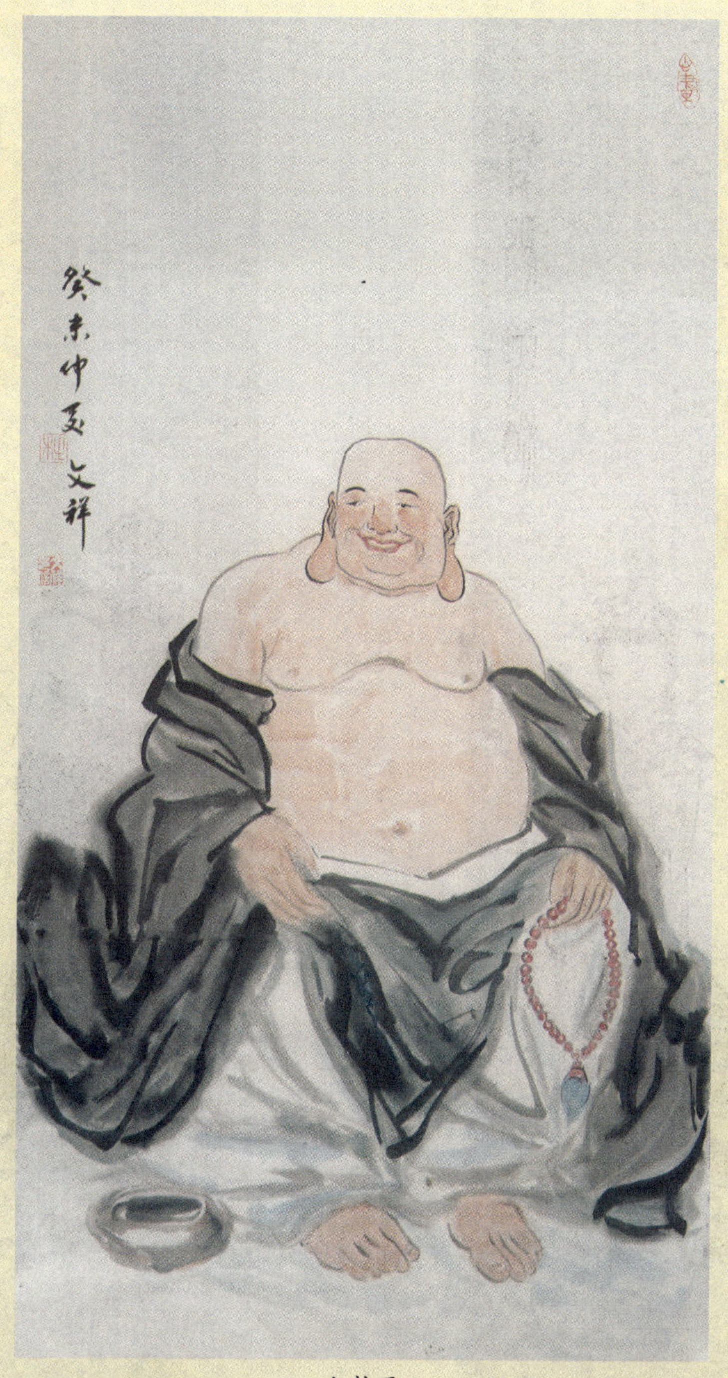

人物画

貴妃醉酒

昭君出塞

貂蟬拜月

西施浣紗

鲍河宁　本科学历。彭阳县第一小学任教，小教高级职称，区级骨干教师。中国少儿造型艺术学会会员，彭阳县美术家协会会员、青少年活动中心校外辅导员。

她热爱美术教育事业，有强烈的工作责任感和事业心。在教学过程中，作风严谨，热爱学生，教学方法灵活，教学成绩突出，多次组织学生参加全国及区、市、县级比赛并取得优异成绩，个人也多次获得优秀指导奖。

2009 年至 2011 年连续三年参加中国少儿造型艺术学会组织的“成长日记画”比赛，获得优秀辅导员奖。2012 年 6 月，组织学生参加“绽放未来、童心有爱”图文大赛获得优秀辅导奖。

荷

秋 实

枯树昏鸦

高向斌　1967年12月出生，宁夏彭阳县白阳镇人。1992年毕业于宁夏银川师专美术系美术教育专业本科，现在彭阳县第二中学任教，主要从事美术教学。宁夏美术家协会会员。近年利用业余时间以黄土高原为题材进行山水画创作。国画作品《高原魂》1993年获彭阳县全县职工书画作品展一等奖，《壮志悲歌》2005年获宁夏第三届文化艺术节职工岗位技能书画展铜奖等。

春 韵

峥　嵘

秋 意

报春图

奇峰秋水

秋 恋

暗香浮动月黄昏

梅趣

韩世斌　1979年11月1日生，彭阳县人。宁夏美术家协会会员。2000年毕业于固原民族师范美术班，作品曾参加区市县各类书画展，现在彭阳县第二中学任教。

爱画的缘由只是痴痴地迷恋和热爱生养我的这片土地，并将此生不弃。

家在山中

春江水暖

雪后

流光溢彩

烤烟房

风景写生

东山风景

东山写生

夏淡中山

故 乡

何冠超　1984年3月出生，重庆人，毕业于四川美术学院，现就职于彭阳县第四中学。作品《和冬》《拿破仑》等。

李文成 1979年出生，彭阳人。2009年毕业于固原师范，2002年毕业于宁夏大学美术教育。现任教于彭阳县职业中学。作品多次参加各级各类比赛，获得一、二、三等奖多次，并有数十幅作品发表于报刊。

麦收季节

刘克锋　彭阳县美术家协会会员，毕业于宁夏大学美术系，现任教于彭阳县第二中学。教学之余，多创作山水、花鸟画，并有作品在自治区、固原市展览并获奖。同时，也致力于美术高考和中考学生的辅导，有多名学生考入区内外高等美术院校，成绩显著。

初 秋

秋山红叶
克锋

刘世存 生于1964年7月，大学文化，副高级职称。省级美术学科骨干教师，“塞上名师”，中国艺术教育促进会全国美术教师工作委员会会员，中国教育学会会员，宁夏美术家协会会员。2012年被推荐为“中国美术家协会会员”，同时又被推荐为“宁夏书法家协会会员”。

美术书法作品发表于《宁夏建设》《新中国书画六十年》《中国艺术经典收藏》杂志，并在全国美术大赛中获得金、银、铜奖；书法论文《篆书演变浅谈》《书法艺术的美学特征》发表于《书法导报》，《书法多维空间的美学特征》发表于《环球市场信息导报》并获得优秀论文一等奖。美术学术论文《中国山水画的传统理念——山水画的用笔》发表于《现代教育教学探索》杂志，并被中国国际教育学会全国优秀教育科研论文评审委员会评定为优秀论文“一等奖”。

葡　萄

古　韵

思想者

亚威农少女

岁 月

根

刘玉玖 又名丰瑜，1982年1月生于彭阳。2002~2006年就读于西安交通大学艺术系雕塑专业。中国高校美术家协会会员，宁夏美术家协会会员兼雕塑（壁画）艺委会委员，宁夏固原市美术家协会雕塑艺委会主任，现任教于宁夏师范学院美术系。

师从著名雕塑家贾濯非教授研习雕塑。2008年任教于宁夏师范学院美术系至今。2009年设计完成宁夏师范学院南大门大型浮雕。2011年考入西北师范大学就读油画艺术硕士。作品《源》《色俩目》《女人体》等在各类刊物发表，其中，《色俩目》发表于国家艺术核心期刊《美术观察》第182期。

幸福的高原红

每当说起毛主席

黄土地(全开素描纸)

刘玉龙 字翼云，别署御龙，1981 年生，彭阳人。毕业于陕西师范大学美术学院，获文学学士和硕士学位。中国艺术研究院美术学博士，陕西省美术家协会会员。

2008 年作品获“陕西省迎奥运美术书法摄影作品展”三等奖，2009年作品获‘浐灞杯’全国书画摄影大赛“绘画类优秀奖，2011 年作品参加“相遇京华”当代新锐青年艺术家国画油画作品联展，2012 年作品参加“纪念毛泽东同志《在延安文艺座谈会上的讲话》发表 70 周年陕西省首届写生作品展”。作品、论文曾发表于《美术界》《美术观察》《书画世界》《中国书画博览》等学术期刊。

夏山无语自冲融

故乡小景

华山狮子岭

庐山含鄱口写生

太古青山度小年

湖口写生

庐山雨林

马良钰　笔名夏钰，彭阳人。1998年毕业于西北民族大学美术学院油画专业，2004年毕业于西安美术学院油画高级研修，2008年毕业于西安美术学院研究生课程班。现为宁夏美术家协会会员、宁夏油画艺委会委员、固原市美协理事。作品《等》《吉日》《无题》等先后参加了区内外画展。

回族老人

石榴之一

石榴之二

无题

干花系列之一

盲 区

吉 日

马启堂的艺术感言：

继承传统的笔墨程式，应注入现代精神和现代审美的元素，方能生发出新的鲜活的生命力。整天在享用着现代文明，却要把自个装扮成古代的高人隐士，缺乏切身的体验和内在的精神依托，又以一种唯传统是尊的面目出现，这实际上是一种伪传统。

国画人物

水彩画·小镇古屋

水彩画

水彩画·渡口

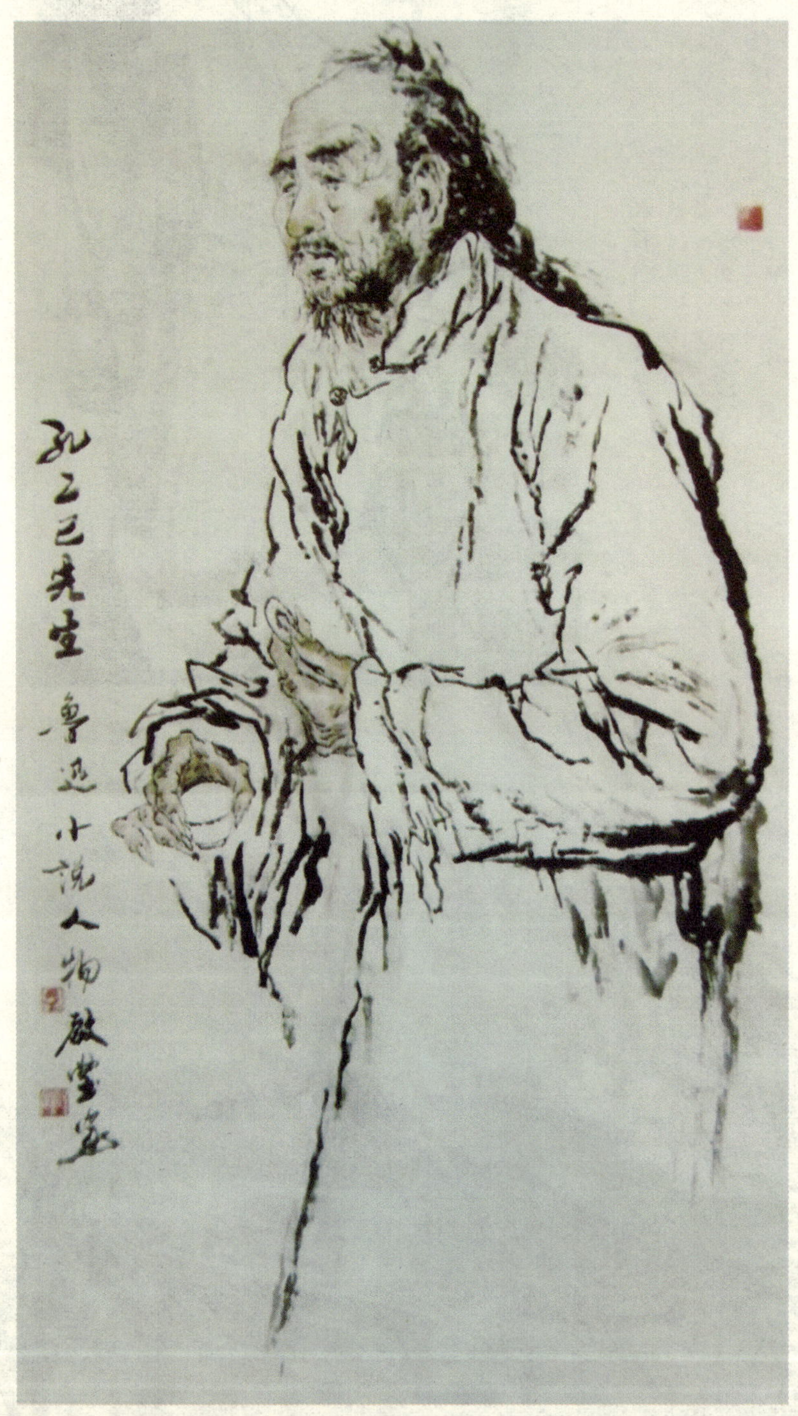

写意人物·孔乙己

写意人物·岁月

马义怀 1962年5月出生，彭阳人。1981年参加工作，1986年开始从事中学美术教育和美术创作，迄今作品曾多次在自治区、固原市、彭阳县参展，并数次获奖。1987年2月，作品《历劫沧桑图》入选宁夏书画院成立时首届塞上书画奖书画展，并入选宁夏(银川)—四川(广元)少数民族书画巡回展，后被《彭阳县志》选编。1997年8月被国家教委授予“全国中小学优秀美术教师”荣誉。2005年被评为“彭阳县文艺十星”。2007年春，作品《高原秋韵》入选固原市“情洒六盘”赴银川参展。2008年创作的国画山水《秋染塞北》入选第三届全国回族书画展并被宁夏文史馆收藏，同年又获固原市优秀创作奖。宁夏美术家协会会员，固原市美协理事，现为彭阳县第三中学美术教师。

歷劫滄桑圖

晚秋圖

秋染塞北

黄土地

岁　月

班级 初二
姓名

红叶

牟瑞的艺术感言：

我不去想是否能够成功，既然选择了远方，便只顾风雨兼程；我不去想，身后会不会袭来寒风冷雨，既然目标是地平线，留给世界的只能是背影。

时建良　1979年生，彭阳县王洼人。2006年毕业于陕西师范大学，主修国画专业。现任教育于北京市大兴区枣园小学。擅长中国画，山水、人物、花鸟兼能，尤擅山水。有多幅作品先后获北京市美术教师作品大赛一、二等奖，作品被出版。其作品在北京炎黄艺术馆展出。

工笔·女青年

山水·青山远影

山水·太白人家

山水·高山流水

王柏林　彭阳人。

2006 年 6 月，绘画作品《春泉鸣壑》在彭阳县纪念建党 85 周年“知荣辱，树新风，促和谐”“工商杯”廉政文化书画展活动中获绘画一等奖。

2008 年 10 月，绘画作品《晴峦染翠》在庆祝自治区 50 周年大庆举办“林业杯”书画作品比赛中荣获国画类二等奖。

2011 年 9 月 28 日，绘画的作品《碧溪水韵》在彭阳县第四届文化艺术月活动中荣获绘画作品展一等奖。

2012 年 11 月，绘画作品《江烟碧嶂》在宁夏全区爱路护路绘画作品展中荣获二等奖。

感言：没有比人更高的山，没有比脚更长的路，没有比行动更好的语言。慵懒的我，惭愧！惭愧！

天生骄子
甲申年盛夏柏林画并记

暖春
甲申年

山水

山水·山泉煮茶图

双雄图

王锐 1982年12月生。毕业于陕西省宝鸡文理学院艺术系美术学专业(本科)。固原市美术家协会和宁夏美术家协会会员。自2005年开始，多次参加县、市、区各级各类美术展览，代表作品有《聚雄图》(参加区五十大庆西海固艺术汇报展)以及《山里人家》《雾里山乡》《山里山外》(参加固原市文联展)。

对“艺术”的个人浅见：艺术应该大众化，能够为老百姓所认可。艺术不应边缘化，脱离社会生活而单独存在。艺术源于生活，就更应该为生活服务。每个人都有自己的审美观，我们不能把自己的思想强加于人。

上山虎

争雄图

虎戏图

山 乡

虎

青山着意

五虎图

人 物

王维成　生于1964年10月，彭阳县人。彭阳县一中教师，大学学历，毕业于西北民族学院美术教育专业。宁夏美术家协会会员，宁夏美术教学研究会会员，固原市美协理事。中国书画家协会理事，中国书画装裱协会理事。

家园

花开富贵

生时酸苦熟时甜

花开富贵

王彦平 号丑石。生于1981年1月，彭阳县人。2008年6月毕业于宁夏大学美术学院。国画专业，艺术宗源“外师造化，中得心源”。主要从事山水画和花鸟画的创作。

作品2005年3月获全区水彩画展优秀奖，2005年5月获“长相忆”杯书画比赛三等奖，2006年6月获宁夏廉政书画比赛二等奖，2007年6月获宁夏书画比赛大学组一等奖。

中国画讲究笔墨情趣，强调意境，以笔墨传神达意，是中国画的主要艺术特征之一。在中国画中，善于运用笔墨，既可状物、传神，又可以达意和抒情。

长画

大江东去

山水五屏一

山水五屏二

山水五屏四

山水五屏三

山水五屏五

杨建鹏 农民，生于 1974 年 7 月，彭阳县白阳镇人。自幼酷爱绘画、书法、篆刻艺术，学生时代以优异的专业成绩考入美院，由于家境贫寒，被迫无奈放弃了在美术高等学院继续深造的机会。1995 年 7 月外出谋生，足迹踏遍大江南北，耳闻目睹了世间百态，备尝生活艰辛。闲暇时，不忘翰墨情趣，笔耕不辍。其创作的作品多次在书画大赛中获奖。

艺术追求：用色彩墨韵徜徉于山水之间，在黑与白的空间中书写心灵中的丘壑，永无止境地探索艺术之路。

雨後春山

夏山飛瀑

秋山远眺

千山飞雪

张宝　生于1986年，彭阳县人。2011年毕业于宁夏大学美术学院油画专业。现为银川市兴庆区回民二小美术教师。2011年成功举办个人作品展，2012年发表论文《浅谈我对素描的认识》。

油画·贺兰石

素描静物

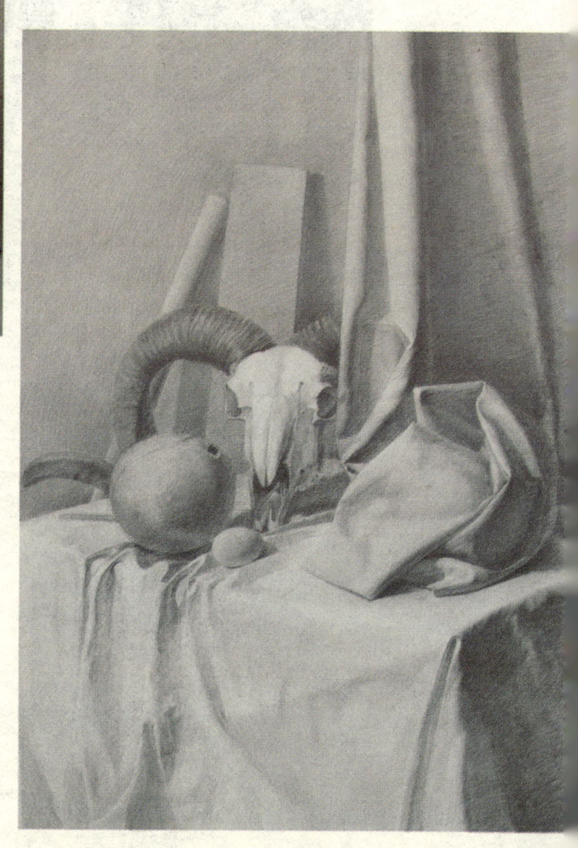

素描静物

素描静物

素描静物

张剑　1982 年生，彭阳县人。2009 年毕业于西安美术学院油画系中国精神工作室，获学士学位。2008 年至今参加全国各种展览并获奖。

冬天的乐章之一

布面油画·荷韵

布面油画·雪的影子之三

布面丙烯·雪的影子之六

布面油画·雪的影子之二

布面油画·等待

布面油画·平常的日子·十联画

布面油画·雪的影子之八

张坤　生于1981年10月，彭阳县人。毕业于陕西师范大学美术学院并获得学士学位，后在陕西师范大学攻读硕士并获得硕士学位。陕西师范大学外聘教师，陕西省美术家协会会员。

2006年，作品《故原印象》入选《陕西师范大学美术学院学生优秀作品集》。2008年7月，作品《土塬高秋》入选陕西省迎奥运美术书法摄影展。11月，作品《有烤烟房的风景》入选陕西省纪念改革开放三十周年美术作品展。12月，作品《故原秋色》在陕西省第二届大学生艺术展演活动中获一等奖。2009年2月，作品《故原秋色》在全国第二届大学生艺术展演活动中获二等奖。11月，作品《山城新貌》在"庆祝建国60周年"画展暨陕西省第十一届全国美展中参展，作品《山野春色》在"庆祝建国60周年"画展暨陕西省第十一届全国美展中获优秀作品奖。2010年有多幅作品刊登于《美术观察》等艺术类核心期刊。

故原秋色

赵香莲 生于1979年11月，彭阳县人。2004年毕业于宁夏大学，执教于彭阳县二中。宁夏美术家协会会员，清华美院艺术研究会会员。2012就读于清华大学美术学院当代书画名家导师高级研究生班。

工笔画《博古四屏》《雄鹰图》《鲤鱼图》《牡丹图》《孔雀图》等作品先后参加了自治区、固原市、彭阳县绘画作品展并获奖。2008年，作品《大野雄风图》入选庆祝宁夏回族自治区成立50周年书画展。2009年，作品《雄鹰图》被固原文化丛书美术卷收录并在陕甘宁三省政协会议书画作品交流展中获二等奖。2010年3月29日，宁夏《华兴时报》第4版刊登发表了她的作品，并作了报道。

在艺术的道路上，她始终在坚持不断地学习和交流，追求至真、至善、至美的艺术目标，升华诗情画意的艺术人生。

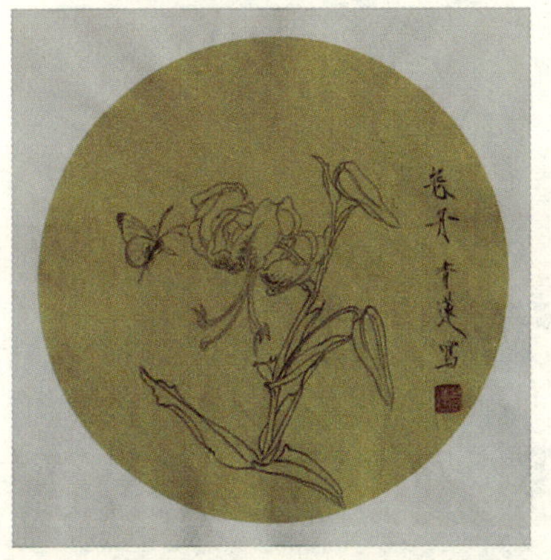

紫风 原名姚彩霞，毕业于固原师范美术班，现彭阳县第四中学教师。

芭蕉游鱼
崇风畫

紅到梢頭甜到心
荣風畫

工艺卷

安冬梅 生于1968年8月，现为彭阳县傲梅刺绣艺术有限责任公司经理，彭阳县民间艺术家协会会员。

代表作有单面绣《马到成功》《五福临门》《孔雀牡丹》《上山虎》等。先后多次参加宁夏银川中阿经贸论坛展销会。2012年7月，参加全区地方特色刺绣专项职业能力竞赛获得奖励。

刺绣·金玉满堂

刺绣·长城秋色

刺绣·春满神州

刺绣·盛世八俊

苏绣·富贵吉祥

刺绣·六盘山

刺绣·金枝玉叶

苏绣·报春图

刺绣·蓬莱仙境

刺绣·龙凤拖鞋

刺绣·五福临门

杨世堂 1942年生，退休干部，彭阳县民间艺术家协会会员。其根雕作品先后被《宁夏日报》《新消息报》《固原日报》等新闻媒体刊登，其中，《双喜鹊》《鹿》《葫芦》在全国22届图书博览会展出。《奔鹿》2012年获全国休闲农业创意二等奖，《虎啸》被《彭阳县志》收录，《蚂蚁》《对鹅》被《彭阳文学》刊登。

木雕·龙笔架

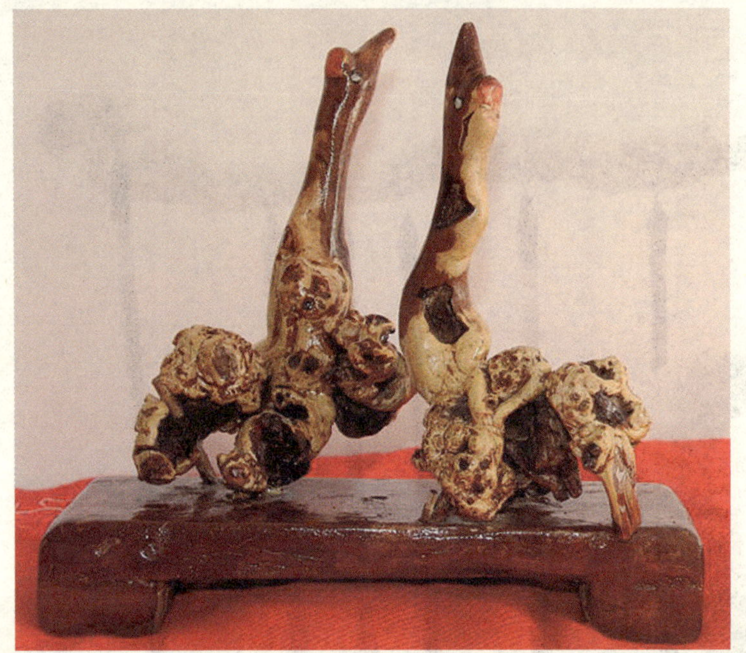

木雕·对鹅

木雕·龙茶几

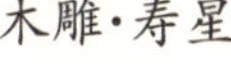

木雕·寿星

木雕·葫芦

木雕·残奥精神

木雕·葫芦

木雕·蚂蚁

虎霞 1978年出生。自小爱好民间剪纸，她的作品有动物、花草、福、禄、寿、喜等。

剪纸·对兔

剪纸·合家欢

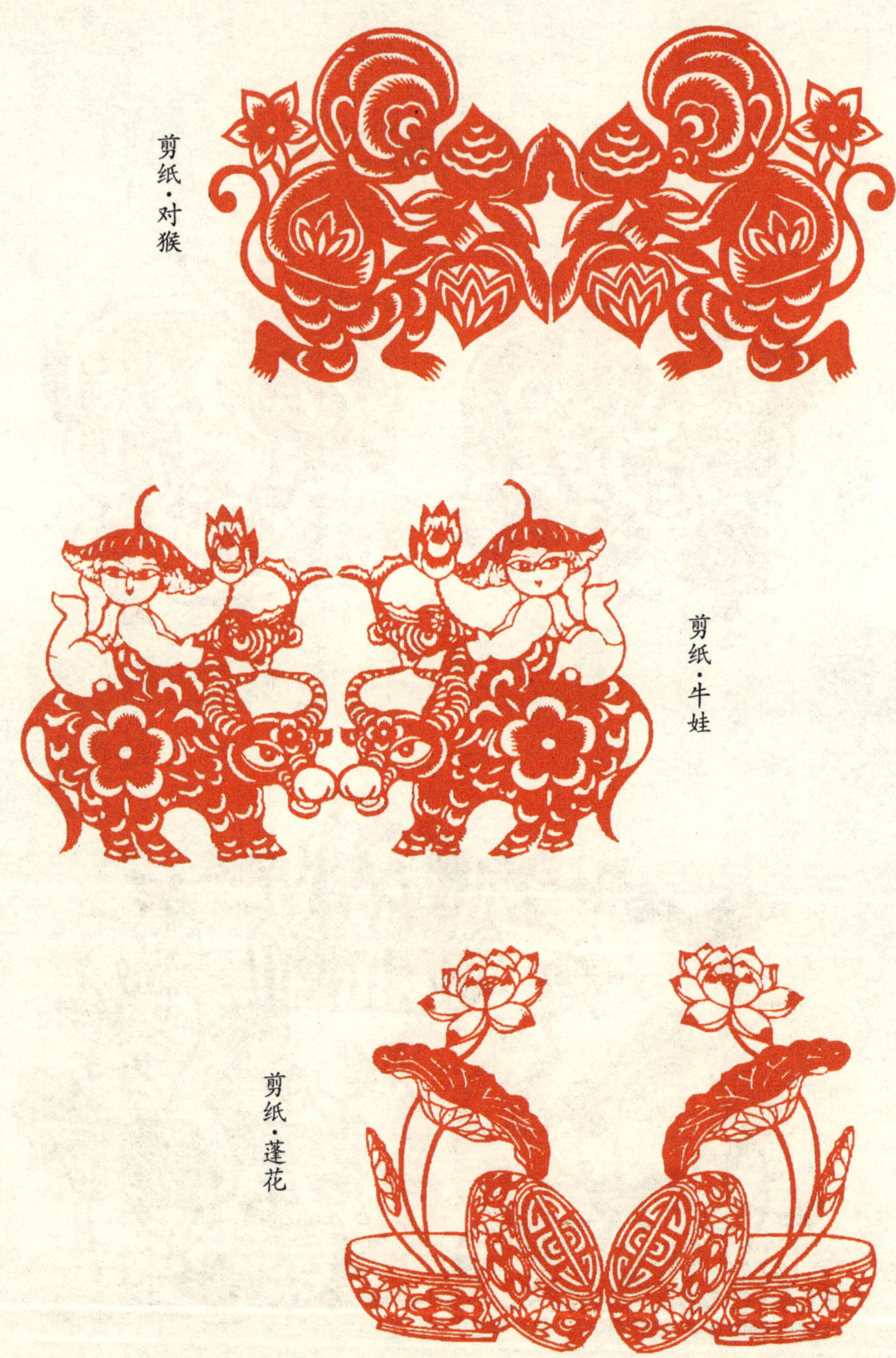

剪纸·对猴

剪纸·牛娃

剪纸·蓬花

剪纸·金鱼

剪纸·鸳鸯戏水

剪纸·懒猫

剪纸·屏开丹艳

刘克斌 生于1971年，彭阳县白阳镇人，中共党员，彭阳县民间艺术家协会秘书长。剪纸作品《孔雀开屏》被《六盘山文艺丛书》收藏，多幅作品多次受到县级以上部门表彰奖励。

剪纸·全家福

剪纸·虎

剪纸·龙凤喜

剪纸·凤凰

剪纸·三阳开泰

剪纸·双喜团花

剪纸·龙瓶

剪纸·花草

剪纸·十二生肖

石贵斌　王洼煤矿职工，彭阳县民间艺术家协会会员。其《十二生肖》《龙凤呈祥》分别获全国第五届“飞天杯”中青年组金奖，获县第三届文化艺术月民间艺术一等奖。

剪纸·齐白石

剪纸·十二生肖

剪纸·报春图

剪纸·龙凤呈祥

杨会兰　1951 年生，现为彭阳县城阳乡城阳村农村医生。1981 年,其作品被固原县文化馆承印成书并收藏。1986 年,参加彭阳县首届书画展被评为三等奖。2011 年,其作品被宁夏民俗文化研究院主编的《宁夏建设》文化建设篇目收编。

剪纸·熊猫翠竹

剪纸·喜庆有余

剪纸·四美图

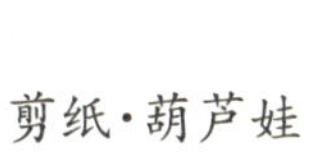

剪纸·葫芦娃

剪纸·四季花

剪纸·福寿团花

剪纸·双喜团花

剪纸·福禄寿

剪纸·花鸟图

剪纸·三鹿图

杨志仓 1963年出生。彭阳县民间艺术家协会会员。其作品精致优美,意境悠长,广受剪纸爱好者的喜爱。

剪纸·五大领袖

剪纸·四大伟人

剪纸·为人民服务

剪纸·福临红

剪纸·钟馗

剪纸·钟馗降魔

剪纸·鼠

剪纸·聚宝盆

剪纸·兔

剪纸·奔马

张金霞　1960 年 6 月生，彭阳县安监局干部，大学本科学历、助理统计师。彭阳县民间艺术家协会主席，自治区级第二批非物质文化遗产民间剪纸传承人。

其众多作品被《彭阳文学丛书》刊登，《九龙祝寿》收录到《彭阳县志》，2009 年获固原市妇联“巧媳妇”称号。《秋韵》在全区发改委系统书法摄影作品比赛活动中获二等奖，固原市第五次文学艺术民间文艺类优秀奖。

剪纸·秋韵

剪纸·兔子

剪纸·九龙祝寿

剪纸·梅兰竹菊

剪纸·蝶恋花

剪纸·新编鹊桥相会

赵玉贵　生于1980年7月，彭阳县王洼镇人。毕业于北方民族大学艺术学院，本科学历。彭阳县民间艺术家协会会员。自幼酷爱剪纸艺术，多幅作品获得县级部门表彰奖励。

剪纸·观音菩萨

剪纸·观世音菩萨

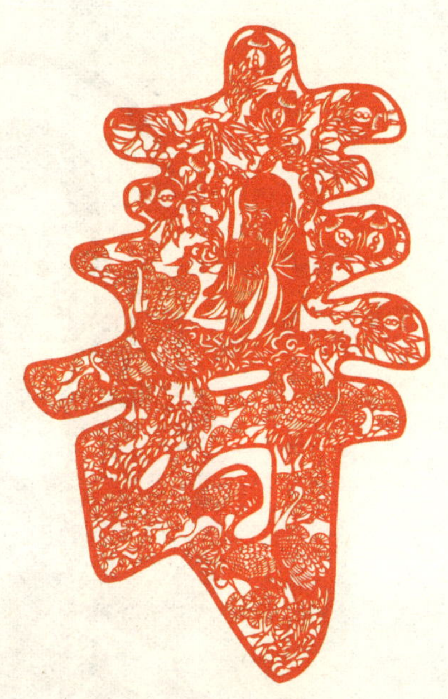

剪纸·寿

剪纸·西湖断桥

剪纸·彭阳十景——长城塬

剪纸·五牛图

剪纸·彭阳十景——璎珞宝塔

剪纸·彭阳十景——人造梯田

剪纸·彭阳十景——皇甫谧广场

剪纸·彭阳十景——栖凤山门

剪纸·彭阳十景——茹河公园

剪纸·彭阳十景——茹河瀑布

剪纸·县庆图

剪纸·备课

剪纸·彭阳十景——无量山石窟

剪纸·清平乐·六盘山

剪纸·凤

剪纸·彭阳十景——乔家渠毛泽东长征宿营地

剪纸·彭阳十景——任山河烈士陵园

剪纸·计划生育好

郑建兴 祖籍浙江，现居住彭阳县，经营木雕工艺。其作品大雅风趣，生动灵活，工艺精湛，颇受木雕工艺市场青睐。

木雕·观音

刻板画

木雕·寿星

木雕·龙墩

木雕·关公

木雕·公牛

木雕·龙凤呈祥

木雕·三美图

木雕·裸女

木雕·卖炭翁

木雕·龙椅

木雕·花鸟图

木雕·和尚

木雕·弥勒佛

郭昊东　1978年出生，彭阳县草庙乡人。曾多年在外务工经商，现为彭阳县泥彩塑厂厂长。其创作的泥彩塑作品，刻画细腻，形象生动，色彩艳丽，深受市场追捧，远销区内外。

泥彩塑·关帝

泥彩塑·穆桂英

泥彩塑·花木兰

泥彩塑·马昭

泥彩塑·齐天大圣

泥彩塑·武财神

泥彩塑·赵云

泥彩塑·崔莺莺

泥彩塑·钟馗

泥彩塑·五路财神脸谱

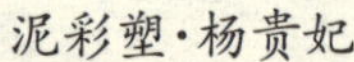

泥彩塑·杨贵妃

泥彩塑·王昭君

泥彩塑·五虎上将脸谱

泥彩塑·貂蝉

泥彩塑·西施

泥彩塑·四大美女

四大美女

泥彩塑·二人转

泥彩塑·唢呐弄春

泥彩塑·恋爱

泥彩塑·喜蛛

汪志东　生于1973年10月，彭阳县草庙乡人。喜欢书法、篆刻、根雕艺术，现为黑龙江省硬笔书法家协会理事。

根雕·巴王柳笔筒

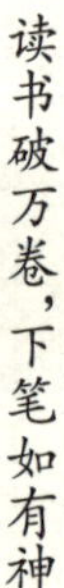

读书破万卷，下笔如有神

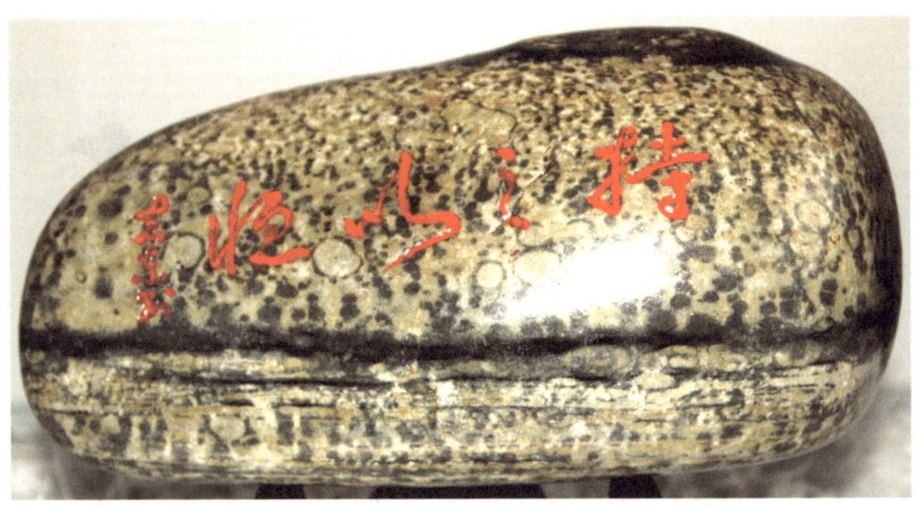

持之以恒

根雕·胡杨根摆件

根雕·葡萄根笔架

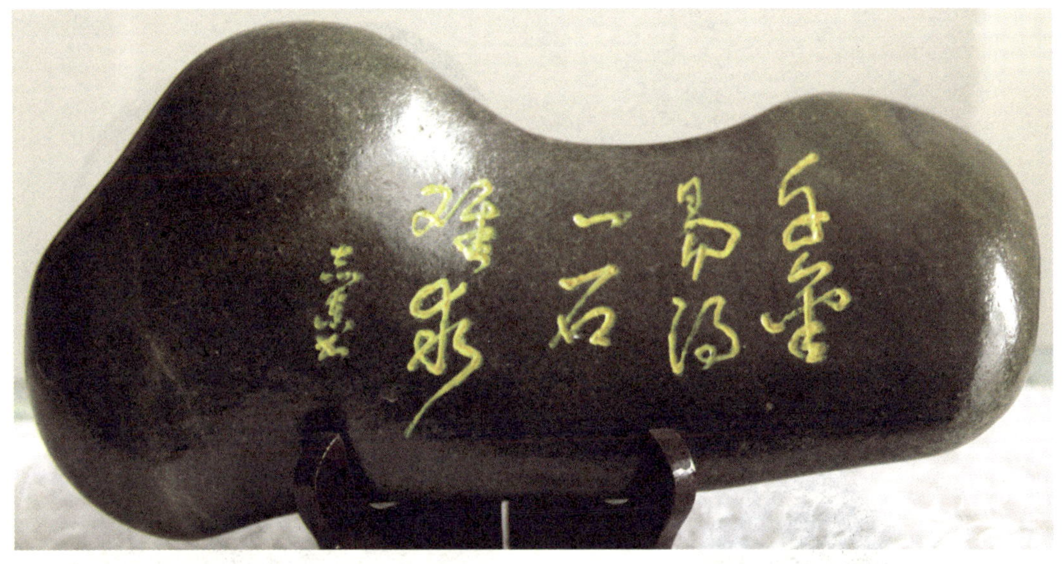

千金易得，一石难求

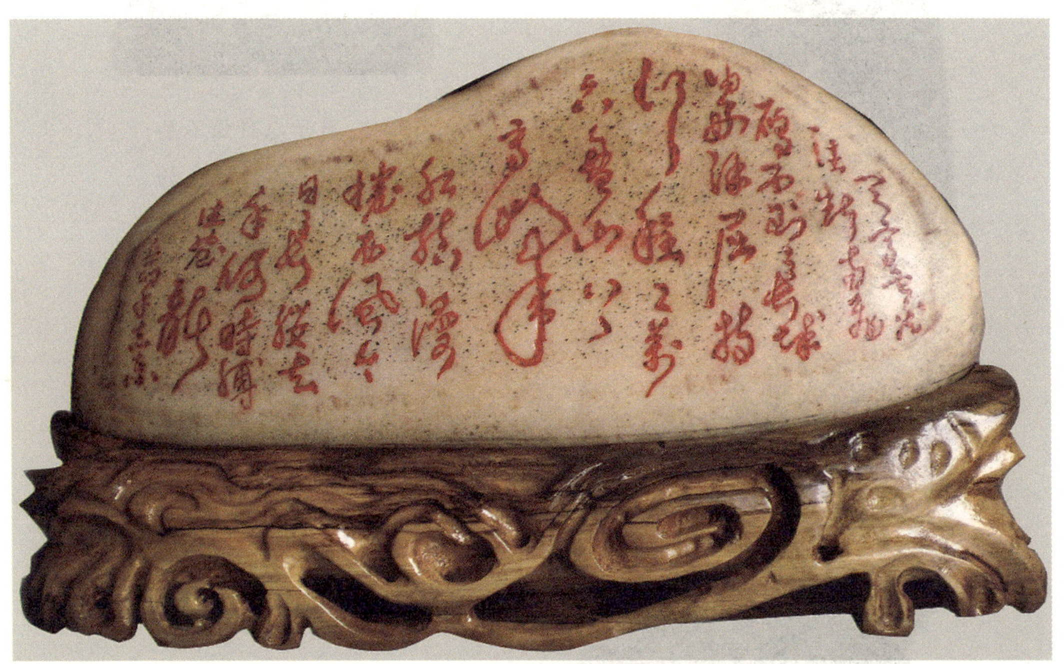

清平乐·六盘山

天行健，君子以自强不息；
地势坤，君子以厚德载物

石雅人和

根雕

篆 刻

甄妮　现为彭阳宣化文化传媒有限公司总经理，多年从事民间工艺创作，能够熟练运用苏绣、刺绣、剪纸等工艺手法，制作精美的民间艺术作品。

苏　绣

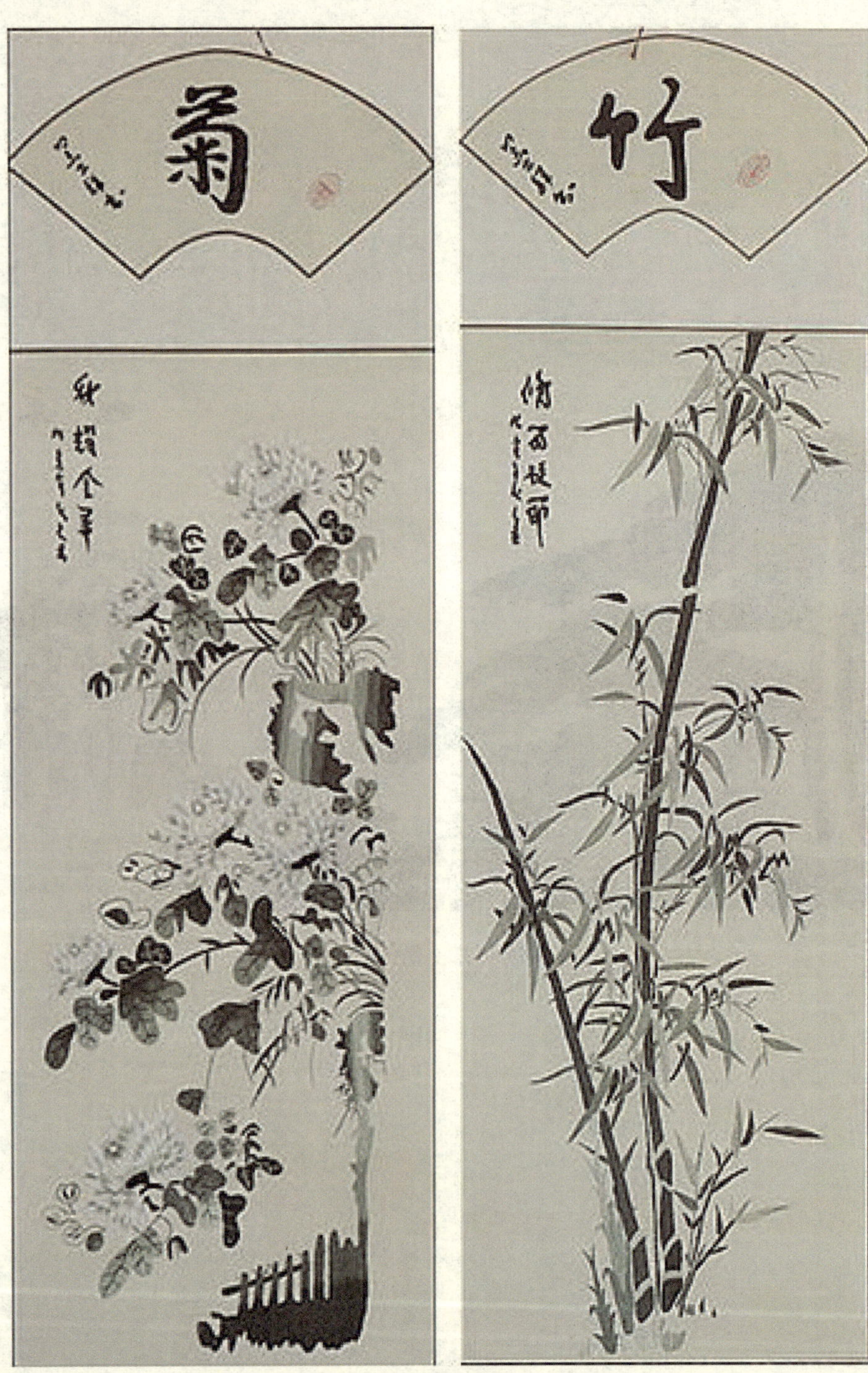
菊
竹

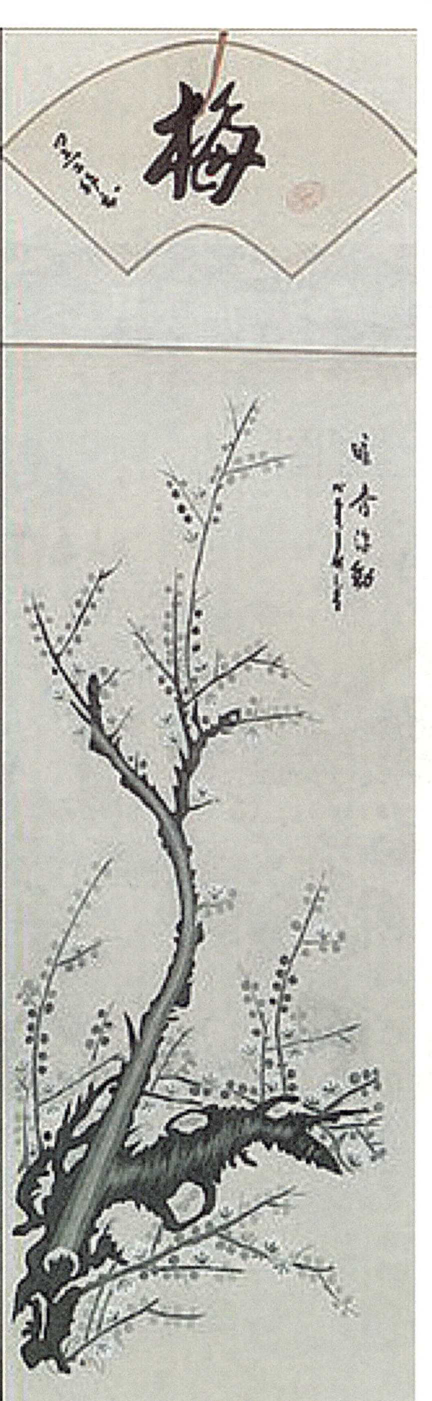

刺绣·梅兰竹菊

清明上河图

刺绣·清明上河图(部分)

雷红霞　1978 年 10 月 17 日生。彭阳县民间艺术家协会会员，现从事纸织画的制作、销售。

2010 年 6 月，纸织画《梅兰竹菊》荣获中国国际旅游商品大赛优秀奖。2012 年 10 月，纸织画《八骏图》荣获全国农牧系统金奖，纸织画《山水》获银奖。

纸织画·奔马

纸织画·牡丹

纸织画·春山青韵

纸织画·八骏图

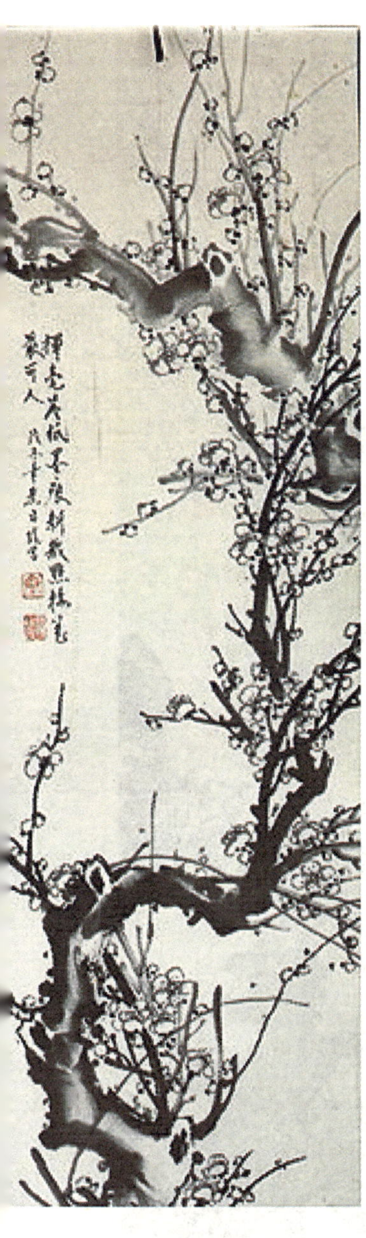

纸织画·梅兰竹

纸织画·花卉图

纸织画·春韻

纸织画·雄鸡

纸织画·毛驴

民间作品

皮影·三人图

皮影·双人图

皮影·穆桂英挂帅

皮影·杨六郎

皮影·五人图

皮影·八人图

后 记

《彭阳文化丛书》是彭阳建县30年来第一套较为完整的文艺作品集成。编辑工作始于2012年9月，完稿于2013年7月。在不到一年的时间里，编辑们席不暇暖，星夜劳作，终于成书。定稿之日，如释重负，感慨系之。

彭阳古有“东山文化之乡”的美称，历史文化积淀丰厚，地域文化光彩夺目。长期以来，彭阳文艺工作者在对传统文化继承、体验和感悟的同时，加强对现代文化的开发、积累和应用，促使了彭阳文艺工作的蓬勃发展。在党的十七大提出“推动社会主义文化大发展大繁荣”精神的引领下，彭阳文艺工作者自觉坚持“二为”方向、“双百”方针和“三贴近”原则，牢牢把握繁荣先进文化、建设和谐文化主题，自觉担当重任，在演绎彭阳文化的前世今生、古今延续，诠释彭阳文化的开放性、包容性、兼容性、不可替代性和发展当代先进文化上勇于创新，成绩斐然，成果纷呈。《彭阳文化丛书》的编辑出版，便是最有力、最具体的证明。

《彭阳文化丛书》全书共有七卷，分别为小说卷、散文卷、诗歌卷、报告文学卷、文学评论卷、书法卷和美术工艺卷。书中收录的作品大多出自彭阳本土文艺工作者之手，同时也收录了部分区内外著名作家、评论家有关彭阳的文艺作品。作家们通过对彭阳的深情描述、叙写以及书法、绘画的形神兼备，集中地再现了广大文艺工作者在建县30年来不同发展阶段的不同历史情怀。因之，这是一套经典的彭阳之书，一套厚重的彭阳之书，一套值得收藏的彭阳之书。适值彭阳县建县30周年，谨将这套特殊的礼物献给所有关心彭阳、热爱彭阳、建设彭阳、奉献彭阳的人们。

《彭阳文化丛书》的编辑出版，倾注了各级领导的心血和智慧。彭阳县县委书记张国彦、县长赵晓东在百忙中为该书作序，在内容选编上提出了明确要求，并给予了精心指导；县委常委、宣传部部长马文山始终关心丛书的编辑出版，多次组织召开编纂会议，协调解决该丛书编辑中存在的困难和问题，并以序的形式，对该书做了高度的概括和定位；县文联领导既组织协调，又亲身参与具体工作；文联各专业协会成员在丛书稿件收录、编排、校对上全心投入，废寝忘食；宁夏人民出版社责任编辑刘建英、陈浪、管世献和李彦斌等对丛书进行了认真编校、审读；银川天之健文化传媒有限公司相关人员对丛书进行了精心设计、排版。在此，一并表示深切谢意！

对于编者们而言，编辑出版这样一套涵盖彭阳建县30年来优秀的文艺作品丛书是第一次。可以说，编辑《彭阳文化丛书》的过程，也是编者们学习、赏析、推介彭阳文化的延续与拓展的过程。中国作家协会主席、著名作家铁凝曾说："好的文学有能力表现一个民族最富活力的呼吸，有能力传达一个时代最生动、最本质的情绪，有能力呈现一个民族在自己的时代所能达到的最高想象力。"文学作品如此，艺术作品亦如此。《彭阳文化丛书》做到了。然而，由于编者水平有限，这套丛书还远未真正做到客观、全面地反映彭阳文化发展的状况，难掩挂一漏万、"冰山一角"之嫌。尤其在编辑过程中，遇到一些实际问题又不得不进行技术处理，难免留下遗憾的地方，祈望专家和读者指正。

编　者

2013年7月